獻給

我的女兒——曼菲斯·洛夫·金伯格，

以及她的父親——西蒙。

我的生命和心因你們而永遠改變。

小麥田繪本館
聆聽路的聲音
WHAT THE ROAD SAID

作　　　者	克麗歐·韋德 Cleo Wade
繪　　　者	露西·德·莫揚古 Lucie de Moyencourt
譯　　　者	汪仁雅
封 面 設 計	翁秋燕
內 頁 編 排	江宜蔚
主　　　編	汪郁潔
責 任 編 輯	蔡依帆
國 際 版 權	吳玲緯 楊靜
行　　　銷	闕志勳 吳宇軒 余一霞
業　　　務	李再星 李振東 陳美燕
總 編 輯	巫維珍
編 輯 總 監	劉麗真
事業群總經理	謝至平
發 行 人	何飛鵬
出　　　版	小麥田出版

115 台北市南港區昆陽街 16 號 4 樓
電話：(02)2500-0888 ｜ 傳真：(02)2500-1951
發　　　行　英屬蓋曼群島商家庭傳媒股份有限公司
城邦分公司
115 台北市南港區昆陽街 16 號 8 樓
網址：http://www.cite.com.tw
客服專線：(02)2500-7718 ｜ 2500-7719
24 小時傳真專線：(02)2500-1990 ｜ 2500-1991
服務時間：週一至週五 09:30-12:00 ｜ 13:30-17:00
劃撥帳號：19863813　戶名：書虫股份有限公司
讀者服務信箱：service@readingclub.com.tw
香港發行所　城邦（香港）出版集團有限公司
香港九龍土瓜灣土瓜灣道 86 號順聯工業大廈 6 樓 A 室
電話：852-25086231
傳真：852-25789337
馬新發行所　城邦（馬新）出版集團 Cite(M) Sdn. Bhd
41, Jalan Radin Anum,
Bandar Baru Sri Petaling,
57000 Kuala Lumpur, Malaysia.

電話：+6(03) 9056 3833
傳真：+6(03) 9057 6622
讀者服務信箱：services@cite.my
麥田部落格　http:// ryefield.pixnet.net
印　　　刷　漾格科技股份有限公司
初　　　版　2024 年 6 月
售　　　價　380 元
版權所有　翻印必究
ISBN 978-626-7281-56-7
版權所有·翻印必究
本書若有缺頁、破損、裝訂錯誤，請寄回更換。

WHAT THE ROAD SAID by Cleo Wade, illustrated by
Lucie de Moyencourt
Copyright: © Cleo Wade, illustrated by Lucie de
Moyencourt, 2021
This edition arranged with Creative Artists Agency acting
in conjunction with INTERCONTINENTAL LITERARY
AGENCY LTD.
through BIG APPLE AGENCY, INC., LABUAN, MALAYSIA.
Traditional Chinese edition copyright: © 2024 Rye Field
Publications, A Division of Cite Publishing Ltd.
All rights reserved.

國家圖書館出版品預行編目資料

聆聽路的聲音/克麗歐·韋德 (Cleo Wade) 著；露西·德·
莫揚古 (Lucie de Moyencourt) 繪；汪仁雅譯. -- 初版. -- 臺
北市：小麥田出版：英屬蓋曼群島商家庭傳媒股份有限公司
城邦分公司發行，2024.06
面；　公分. -- (小麥田繪本館)
譯自：What the road said
ISBN 978-626-7281-56-7(精裝)

874.599　　　　　　　　　　　　　113003065

城邦讀書花園
www.cite.com.tw
書店網址：www.cite.com.tw

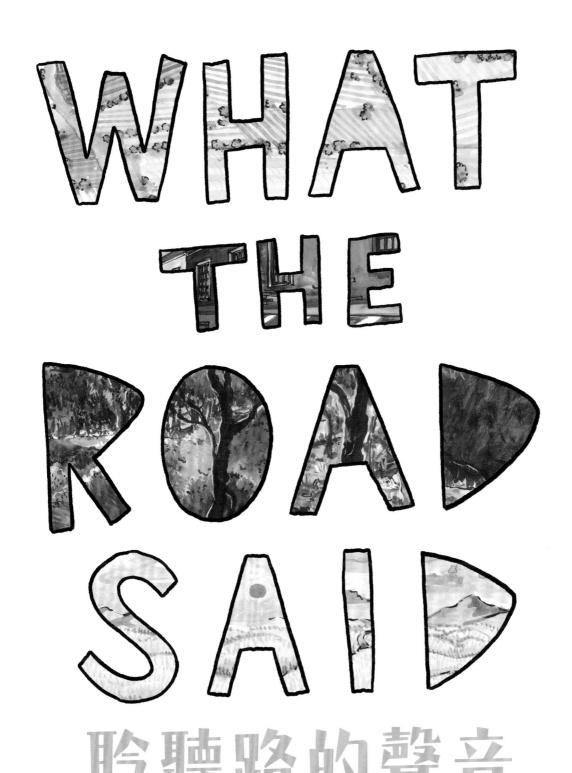

WHAT THE ROAD SAID

聆聽路的聲音

克麗歐·韋德　著

露西·德·莫揚古　繪

汪仁雅　譯

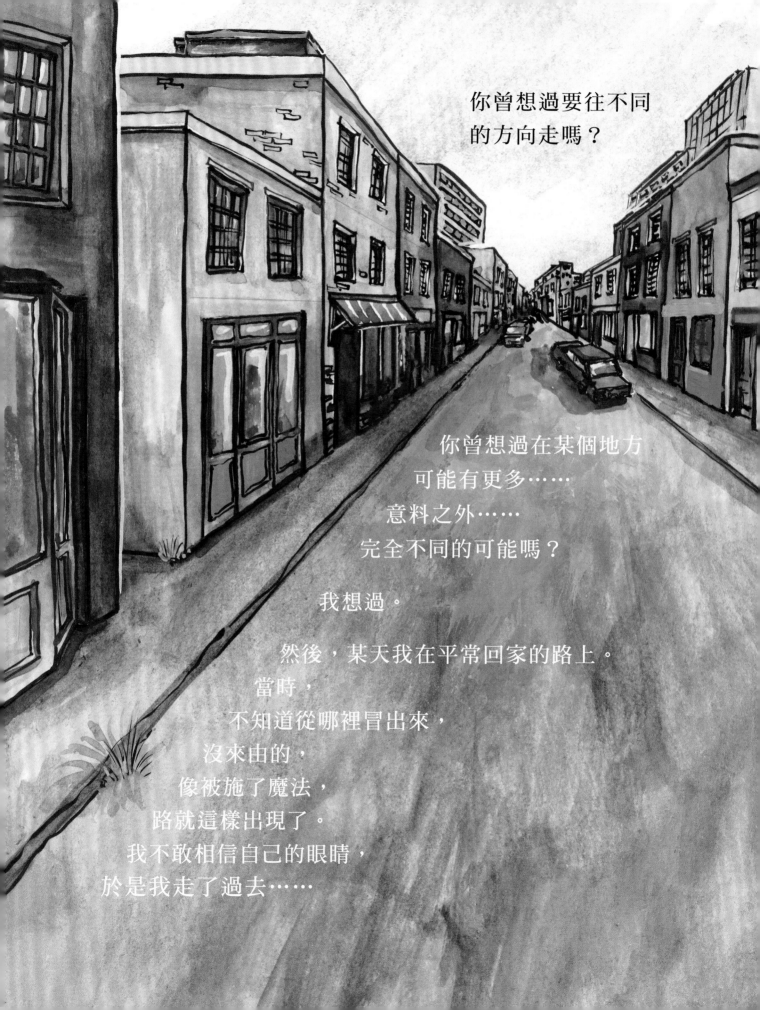

你曾想過要往不同
的方向走嗎？

你曾想過在某個地方
可能有更多……
意料之外……
完全不同的可能嗎？

我想過。

然後，某天我在平常回家的路上。
當時，
不知道從哪裡冒出來，
沒來由的，
像被施了魔法，
路就這樣出現了。
我不敢相信自己的眼睛，
於是我走了過去……

「你將通往何處呢？」

我對路說。

「往前走，就能找到答案。」
　　　　　　　路說。

「我該從哪裡開始呢？」
我問。

「你已經開始了。」
路笑著說。

「那麼，我們抵達時
　會發生什麼事呢？」

「我們才剛剛開始。」路說。

「別只在乎結果，也要享受開頭和過程。」

「如果我走錯路呢？」

路微微彎起，像是要給我一個擁抱，
然後說：
「別擔心，有時候走錯路，反而引領
我們走向正確的道路。」

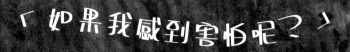

「如果我感到害怕呢？」

「別擔心，你很勇敢。」
路說。

「怎樣才叫做
勇敢呢？」
我問。

路帶我穿過一片陰暗的森林。
雖然害怕，但我相信路。
我邁開一步，再一步。
然後，路輕聲的說：

「勇敢就是當你害怕做某件事，
但還是努力去做。
別讓恐懼阻止你繼續前行。」

「我會一直往前走嗎？」

「不一定。」路說。

「為什麼？」

「因為有時你會遲疑後退，
有時你會站著不動。」

「如果我摔倒了呢？」

「每個人都有摔倒的時候。」路說。
「當你摔倒時，我會陪著你。」

「如果我迷路了呢？」

「也許有些日子會感到漫長而黑暗。」路說。
「但我保證，無論如何，
　我會讓夜晚的星星和朝陽照亮你的方向。」

「如果我睏了，
　或受傷呢？」

「當你需要休息和治癒的時候，
　我會讓不同大小和形狀的樹
　成為你的庇護。」路說。

「如果我感到寂寞呢？」

「你從不孤單。」路說。

「如果我變了呢？」

「跟我來。」路說。

當我往前走，
路向我介紹毛毛蟲和種子。

我們沒有逗留太久。
路帶我踏上穿越四季的旅程。

我看著夏天變成秋天，秋天變成冬天。
當春天來臨時，意識到我們經歷了四季轉換的美好。

低頭一看，發現我再次站在毛毛蟲和種子面前。

只是毛毛蟲不再是毛毛蟲了，
種子也變成各種繽紛的花朵，在陽光下搖曳著。

路將我高高舉起，然後說：
「萬物都在成長和變化，那就是生命的魔力。
你也會找到屬於你的翅膀，你也會像花一樣綻放，
生命本來就不會維持原樣。」

「如果我在旅途中需要幫助呢？」

「可以問問旅途上的同伴。」

「如果他們對我很刻薄呢？」

「試著讓他們變得友善。」路說。

「要怎麼做？」

「對他們親切一點。」

「如果他們互相攻擊呢？」

「指引他們走向和平。」路說。

「我該如何做呢？」

「傾聽他們的故事，也說說你自己的故事。
提醒他們，我們是這段旅程的同伴。」

「如果我們所處的世界
充滿了仇恨呢？」

「引導它去愛。」

「該怎麼做？」

「與它分享你心中愛的力量。」路說。

「如果發生意外呢？」
「繼續往前走。」

「如果山太高
爬不上去呢？」

「如果河流太寬
無法跨越呢？」

「如果我心碎了呢？」

「如果我覺得
被困住了呢？」

「如果放棄
比較容易呢？」

「繼續往前走，
繼續往前走，
繼續往前走，
繼續往前走。」

路說。

「如果我做不到呢？」

「你可以的。」路說。

「你怎麼知道？」

「因為你已經走了
這麼遠。」路說。

「你將通往何處呢？」

我對路說。

「往前走，就能找到答案。」
路說。

作者的話

最親愛的你：

　　寫這本書的目的，是希望路能成為你旅途中每個階段的朋友。在未來的日子裡，希望你能接納路的陪伴，讓路擁抱你的美好時刻，也能在你感到孤獨、害怕，或為了人生課題而倍感困惑時，成為你的撫慰。寫下這些話是希望能夠鼓勵你、愛你，並協助你走上成為自己的道路。你很重要，你的存在本身就有意義，請成為自己生活的領路人。

　　這是一本給孩子的書（我小時候真的很需要這樣的書），也是一本給大人的書（身為大人很難，路提醒我，有一天得接受這個事實）。

　　　　　　　　　　　　衷心祝福你，這本書是獻給你的。

　　　　　　　　　　　　　　　　　　　　　　　愛你的
　　　　　　　　　　　　　　　　　　　　　　　克麗歐

作者　克麗歐‧韋德 Cleo Wade

詩人、作家、藝術家、活動家。曾在《紐約時報》、《紐約雜誌》、《時人雜誌》等發表文章。韋德的詩歌時常關於啟發、肯定自我。著作有暢銷書《誰都是帶著心碎前行》，以及《記住愛》、《從哪裡開始》。

她也積極參與社區活動，擔任東區女孩俱樂部、哈林區國家黑人劇院，以及婦女監獄協會董事會成員。《美麗佳人》評選她為全美國最具影響力的五十位女性。商業雜誌《Fast Company》評為最具創造力的一百位商業人。《紐約雜誌》認為她是千禧世代的歐普拉。

《聆聽路的聲音》基於韋德的成長過程，這是她第一本專給孩子，也是獻給女兒的書，期待這本書能帶來力量和希望。

繪者　露西‧德‧莫揚古 Lucie de Moyencourt

出生於巴黎，在南非長大，為建築師、布景設計師、畫家。
《聆聽路的聲音》是她的第一本書籍創作。

譯者　汪仁雅

繪本評論與推廣者、講師、童書譯者。現任「繪本小情歌」版主。喜歡側耳傾聽文字與圖像裡輕輕跳躍，悠悠吟唱的美好音符，喜歡每一個故事在生命裡點構出意義坐標，那裡有寬容、理解、哀矜勿喜的體會，有可親可愛、酣暢淋漓的生命滋味。